餡蜜 AMMITSU 1

Kana

# Sommaire

FSHHH
Club d'horticulture
AH !
C'EST LA FAMEUSE RAN TAKAMINE DONT TOUT LE MONDE PARLE.

Épisode 1
Ran et "Soleil"

IL PARAÎT QU'ELLE A ÉTÉ SÉLECTIONNÉE POUR ÊTRE LA MISS DU LYCÉE ALORS QU'ELLE N'EST QU'EN PREMIÈRE ANNÉE.
INTELLIGENTE, SPORTIVE, BELLE ET POSÉE.
NON SEULEMENT SA FAMILLE EST RICHE, MAIS, EN PLUS, ILS SONT TOUS COMME ELLE. C'EST DANS LEURS GÈNES !
C'EST UN RÊVE INACCESSIBLE POUR LES PAUVRES MECS ORDINAIRES QUE NOUS SOMMES.
CETTE FILLE EST LA CRÈME DE LA CRÈME, LA FINE FLEUR DU LYCÉE.

...
FIXE
AH !
BONJOUR !
Elle m'a jeté un de ces regards !
...
すーん
OOOM
C'EST MA TÊTE NORMALE, EN FAIT...

LA RENTRÉE A EU LIEU IL Y A À PEINE DEUX MOIS...
... ET DES RUMEURS À MON SUJET ONT DÉJÀ FAIT LE TOUR DE L'ÉCOLE.
À CAUSE D'ELLES, TOUS LES GARÇONS M'ÉVITENT ET AUCUN D'EUX N'OSE ME CONSIDÉRER...
... COMME UNE PETITE AMIE POTENTIELLE.
Oh là là ! Trop impressionnant !
男
男
Garçon
Garçon
Arrosage à l'entrée du bâtiment...
O.K. !
JE SUIS AU COURANT DE TOUT CE QU'ON RACONTE SUR MOI.
MAIS BON...
JE NE VOUDRAIS PAS NON PLUS QUE LES AUTRES PRENNENT MES OBJECTIONS POUR DU SARCASME.
Il ne reste que les fleurs devant les grandes portes.
VOILÀ POURQUOI...
... JE LAISSE COULER, SANS ESSAYER DE NIER OU D'AFFIRMER QUOI QUE CE SOIT.

HOP
HOP
OH NOOON !
ON EST DÉJÀ ARRIVÉS À L'ÉCOLE !
JE SUIS TROP TRISTE QUE TU SOIS DANS LA CLASSE 6 ET MOI DANS LA CLASSE 1 !
SNIF
SNIF
Ça va aller !
JE VIENDRAI TE VOIR PENDANT LES PAUSES.
Allez, un petit effort !
OOH...
C'EST ÇA, ALORS, VENIR À L'ÉCOLE EN AMOUREUX ?
FAUX !
JE CROIS QUE JE PEUX DIRE ADIEU À CETTE VIE.
Haha
FSHHHH
OUAH !

PLIC
ボタ
?!
PLIC
ボタ
C'EST FROID...
DÉ-DÉ-DÉSOLÉE !
PLIC...
J'ÉTAIS DISTRAITE !
TIENS !
PRENDS MON MOUCHOIR...
Ça ne suffira pas, mais c'est mieux que rien.
FROUSH
NON...
C'EST BON, NE T'EN FAIS PAS !

AU MOINS, JE SUIS RÉVEILLÉ, MAINTENANT.
MERCI !
Il m'a remerciée...
Heureusement, j'ai apporté ma serviette.
FROTTE
ふき
FROTTE
ふき
HEIN ?!

C'ÉTAIT...
... AKIRA SAEKI, ON EST DANS LA MÊME CLASSE.
SI JE NE ME TROMPE PAS.
C'est ce qui s'appelle "garder son calme".
1RE- 2
DIIING! DOOONG!
TRÈS BIEN...
Remise des premiers contrôles
Mathématiques I.A
Chimie
SI VOUS TROUVEZ LA MOINDRE ERREUR DANS VOTRE CORRECTION, PARLEZ-EN DIRECTEMENT AU PROFESSEUR CONCERNÉ.
FLAP
Ran Takamine
100
Anglais I
HMM...
Chimie 1re-2
95
96
Contrôle
1re-2
Takamine
93
L'ANNÉE COMMENCE TOUT JUSTE, LES QUESTIONS DEVAIENT ÊTRE FACILES.

QUOI ?!
MAIS TU GÈRES TROP, RAN !!
OUHAHA
ざわっ
TU AS PLUS DE 90 POINTS DANS TOUTES LES MATIÈRES !
Score parfait en anglais !
CHUUUT ! NE PARLE PAS SI FORT !
DÉSOLÉE, C'EST SORTI TOUT SEUL.
Oups !
Comme quoi, c'est possible de faire un sans-faute !
PSST ヒソ
ON NE VIT PAS DANS LE MÊME MONDE...
PSST ヒソ
PSST ヒソ
TAKAMINE VA FAIRE MONTER LA MOYENNE DE LA CLASSE.
OUAIS...
...
Désolée.

ÇA A ETE, POUR TOI, AKIRA ?
File-moi ta place.
BOF...
J'AI FOIRE L'ANGLAIS.
MOI AUSSI !
POURQUOI TU PORTES TA TENUE DE GYM ?
Ah...
UN DELUGE M'EST TOMBE DESSUS, D'UN COUP !
SAEKI
HEIN ?
J'AI ETE TREMPE JUSQU'AU CALEÇON ! HAHA !
NERVEUSE
J'ESPÈRE QU'IL VA BIEN.
T'as plus de calebar ?!
Si, si !
QU'EST-CE QU'IL Y A ?

C'EST SAEKI QUE TU REGARDES ?
!
IL EST CANON, HEIN !
Je me demande s'il est célibataire.
MOI AUSSI, J'AIMERAIS BIEN COPINER AVEC LUI.
TOI, EN TOUT CAS, JE TE RAPPELLE QUE TU NE L'ES PAS, TOMO.
RELAX, JE VEUX JUSTE ÊTRE AMIE AVEC LUI.
Et pouvoir me rincer l'oeil.
Et puis mon copain n'est pas aussi classe.
HMM...
TOUT LE MONDE L'APPRÉCIE...
.........
.........
AH, J'OUBLIAIS !
CEUX QUI N'ONT PAS OBTENU LA MOYENNE EN ANGLAIS DEVRONT RESTER APRÈS LES COURS !
SÉRIEUX ?!
Trop chiant !
LA POISSE...

Oh...
ÇA NE M'ARRANGE PAS...
TU AS UN RANCARD ?
TU N'AS QU'À DÉCALER.
C'EST PAS ÇA.
...
Ouf ! Je l'ai échappé belle !
JE N'ARRIVE PAS À TROUVER LE BON MOMENT POUR LUI PRÉSENTER MES EXCUSES.
DIIING !
DOOONG !
IMPRIMERIE
EXPÉDITIVE
てきぱき
TU ES RAPIDE ET EFFICACE, TAKAMINE, TON AIDE EST TOUJOURS LA BIENVENUE !
Tu fais ça en un clin d'œil !
C'EST UN TRAVAIL FACILE.
JE VAIS DÉPOSER LES DOCUMENTS DANS LA CLASSE.
JE TE REMERCIE !

SHKAC !
PFIOU...
C'EST SAEKI !
IL S'EST ENDORMI...
...
IL N'EST PAS TRÈS AVANCÉ.
SCRUTE
WHAM
?!
HIII !

OUAH ! JE ME SUIS ENDORMI !
QUE FAIS-TU ICI, TAKAMINE ?
Il est déjà tard...
JE SUIS DE CORVÉE.
AH ! C'EST LE MOMENT !
Je ne finirai jamais...
HMM
EUH... POUR CE MATIN...
HEIN ?
1re année, anglais I Rattrapage
JE SUIS SINCÈREMENT DÉSOLÉE !
Il est un peu tard, je sais.
Ah, ça...
NAN, C'EST RIEN.
NE T'EN FAIS PAS.
J'ÉTAIS EN TRAIN D'ADMIRER LES FLEURS.
JE NE REGARDAIS PAS OÙ J'ALLAIS, C'EST AUSSI MA FAUTE.

J'AIMERAIS VRAIMENT ME FAIRE PARDONNER !
C'EST SYMPA...
C'EST VRAIMENT UN CHIC TYPE !
Aussi gentil que Jésus-Christ en personne !
SI TU INSISTES...
... TU POURRAIS PEUT-ÊTRE M'AIDER À RÉVISER POUR QUE J'AIE D'AUSSI BONNES NOTES QUE TOI ?
En anglais...
ON SERA QUITTES, COMME ÇA.
D...
D'ACCORD !

POUR LA QUESTION 3...
... LA CONJONCTION N'EST PAS "TO" MAIS "FOR".
SHTAC
AH BON !
TU DOIS METTRE "BE" AU PARTICIPE PASSÉ.
to have been
is?
was?
did?
Oh!
Tu as répondu au hasard ? Tu as deviné ?
REMPLI
OOOH!
1re année, anglais I Rattrapage
Classe 2, Akira Saeki
Écris le bon mot entre les parenthèses.
(1) Je t'appellerai quand j'arriverai à la gare.
I will call you(when)I arrive at the station.
(2) Lucy a un peu de fièvre.
Lucy (has )a slight fever.
(3) Elle doit être fatiguée, car elle a
She must be tired,(for)she worked w
(4) Je ne sais pas ce qui arrivera, à l'avenir.
I don't know (what)will happen in the futu
(5) Nous avons appelé notre équipe les "bears".
Our team(was) named the bears.
Complète en mettant le verbe entre crochets à la b
(1)I had carpenter build my house. 【build】
(2)He is said to have been a singer when young.
(3)Her mother wants her to play outside. 【she】
(4)Have you heard her speak Japanese? 【speak】
Complète les phrases suivante
(1) Akihito est trop honnête pour
Akihito too honest to tell a lie.
(2) Il semble qu'il ait attendu ici un long moment.
He seems to have waited here a while.
J'AI FINI...!
J'AI L'IMPRESSION D'ÊTRE UN GÉNIE !
Trop d'émotion !!
PFIOU !
J'ÉTAIS TROP NERVEUSE.
Mes lunettes m'aident à me détendre.
!
Le prof risque de trouver ça louche.
Je devrais laisser une ou deux fautes, non ?
SES ONGLES...

JE DOIS AVOIR DES LINGETTES...
Tiens ?
FROUSH!
FROUSH!
TAKAMINE...
TU AIMES LES FLEURS ?
Trouvées !
Lingettes
HEIN ?
BEN...
TU FAIS PARTIE DU CLUB D'HORTICULTURE, DONC J'AI PENSÉ QUE...
AH...
On rentre ?
GANK
EN FAIT, IL N'Y AVAIT PAS UN SEUL MEMBRE DANS CE CLUB...
... ET LES PROFESSEURS ÉTAIENT EMBÊTÉS.
AH D'ACCORD, JE VOIS.
ET PUIS...
... J'AI EU COMME L'IMPRESSION...
... QUE JE N'ÉTAIS PAS SI DIFFÉRENTE DE CES FLEURS, DANS LE FOND.

* "RAN" SIGNIFIE "ORCHIDÉE" EN JAPONAIS.

BLUSH
COMMENT PEUT-IL DIRE ÇA AUSSI SEREINE-MENT ?
SAEKI NE SERAIT QUAND MÊME PAS UN COUREUR DE JUPONS ?!
HA HA HA !
BEN QUOI ?
ÇA VA, ÇA VA.
TU SAIS...
J'AI ENTENDU DIRE QUE TU ÉTAIS TRÈS EXIGEANTE EN MATIÈRE DE GARÇONS...
... MAIS, AVEC LE RECUL, TU SEMBLES SURTOUT NAÏVE.

ÇA NE TE REGARDE PAS !
SUR CE, J'Y VAIS !
Au revoir !!
DASH
Sa façon de courir est tellement cliché.
C'EST NORMAL...
TAKAMINE
LES GARÇONS ONT TOUJOURS GARDÉ LEURS DISTANCES, AVEC MOI.
TAP !
TAP !
TAP !
HAN
HAN
HAN
EH BEN...
C'EST RARE QU'ELLE SE PRENNE AUTANT LA TÊTE.
CHIPS
GÉRER UNE SITUATION COMME TOUT À L'HEURE, C'EST DÉJÀ PRATIQUEMENT AU-DESSUS DE MES FORCES !!

...
SALLE DES PROFESSEURS
APRÈS MÛRE RÉFLEXION...
JE COMPTE SUR TOI.
D'ACCORD.
... J'EN SUIS ARRIVÉE À LA CONCLUSION QU'IL VALAIT MIEUX ÉVITER DE TROP FRÉQUENTER CE GARÇON.
JE PRÉFÈRE ME CONCENTRER SUR CE QUE J'AI À FAIRE ET Y CONSACRER TOUTE MON ÉNERGIE.
CHANGER L'EAU DES VASES DANS LA SALLE DES PROFESSEURS.
C'est parti !
SHKAC !

MONSIEUR TANAKA !
JE VIENS VOUS RENDRE MON CONTRÔLE DE RATTRAPAGE.
!!
IL PARAIT QUE TU AS VOULU ME LE RENDRE HIER, MAIS J'ÉTAIS DÉJÀ PARTI, DÉSOLÉ.
JE VAIS FAIRE SEMBLANT DE RIEN ET M'ÉCLIPSER.
Tout doucement...
OOOH ! QUELLE APPLICATION, TAKAMINE !
AH ! BONJOUR, MONSIEUR LE DIRECTEUR.
SALUT, TAKAMINE !
FSHH
すすす…
BON... BONJOUR !

GRÂCE À TOI, J'AI PU RENDRE MON CONTRÔLE DE RATTRAPAGE SANS PROBLÈME !
Encore merci !!
OH, TANT MIEUX.
(Voix monotone.)
JE ME SENS TROP MAL À CAUSE DE CE GRAND MOMENT DE HONTE, HIER.
POURQUOI IL NE RETOURNE PAS VITE EN CLASSE ?
ALLEZ ! QU'ON EN FINISSE, ET VITE !
AH !
GRAB !
FSHHH
IL VAUT MIEUX BIEN RINCER LES TIGES, QUAND TU CHANGES L'EAU.

ELLES RESTERONT BELLES PLUS LONGTEMPS.
...
C'EST RARE, UN GARÇON QUI S'Y CONNAÎT EN FLEURS...
TIENS !

C'EST CHOUETTE QUE TU T'EN OCCUPES CHAQUE JOUR.
M... MERC...
AKIRA !

OH !
Salut !
ATTENDEZ-MOI !
STAP !
Au fait !
JE RÊVE OU TU DISCUTAIS AVEC TAKAMINE ?
?
TU AS BIEN VU.
BIEN JOUÉ, MEC !
MOI, J'AI L'IMPRESSION QUE TOUS LES MALHEURS DU MONDE VONT S'ABATTRE SUR MOI RIEN QU'EN CROISANT SON REGARD !
IL ME PREND POUR MÉDUSE ?
Je ne lui ai jamais parlé non plus.
Hahaha !
VOUS ÊTES TROP BÊTES !
T'avais entraînement, ce matin ?
Ouais ! Et maintenant, j'ai la dalle !
Il s'est essuyé les mains sur son pantalon.
...

VOUS SAVEZ...
... C'EST UNE FILLE COMME LES AUTRES !
HIER...
C'est ça ouais ! Tu dis ça simplement parce que tu as l'habitude avec les filles !
N'essaye pas de nous faire passer pour des nazes !

"EN TOUT CAS, "RAN", C'EST UN TRÈS JOLI PRÉNOM !"
... C'ÉTAIT LA PREMIÈRE FOIS QU'ON ME DISAIT UNE CHOSE PAREILLE.
POUR ÊTRE HONNÊTE, ÇA M'A FAIT PLAISIR.
FSHHH !
Et voilà !

OH ! TU AS CHANGE L'EAU DES FLEURS, MA CHÉRIE ?
OUI.
C'EST TRÈS GENTIL.
CES FLEURS SONT MAGNIFIQUES.
J'AI DÉCOUVERT UN TRÈS CHOUETTE PETIT FLEURISTE !
LA BOUTIQUE S'APPELLE "SOLEIL", ELLE SE TROUVE DANS LE QUARTIER DE MISORA-MACHI.
"SOLEIL" ?
JOLI NOM...
C'est du français.
HMM...
C'EST UN PEU LOIN, MAIS ILS ONT BEAUCOUP DE GOÛT, LÀ-BAS.

ET LE PATRON EST VRAIMENT TRÈS CRAQUANT !
Je suis sous le charme !
...
Hmm...
PLUS CRAQUANT QUE MOI ?!
C'EST PAS BEAU, LA JALOUSIE, PAPA.
Maman a toujours aimé les beaux mecs, c'est pas nouveau.
AU FAIT, RAN !
TU POURRAIS PASSER Y ACHETER DES FLEURS, DEMAIN, EN RENTRANT DE TES COURS DU SOIR ?
Pour le hall d'entrée
Dis-lui de faire comme il veut, je suis sûre qu'il composera un magnifique bouquet !
EUH, OUI...
D'AC-CORD.
QUOI ?!
TOI AUSSI, TU EN AS APRÈS LES BEAUX GARÇONS, RAN ?!
JE RENDS JUSTE SERVICE, MOI.
RASSURE-TOI, RAN NE PENSE PAS ENCORE AUX GARÇONS.
YURI !

ÇA DOIT ÊTRE ICI.
LA DEVANTURE EST ADORABLE !
Flower shop Soleil

VOYONS VOIR...
TAP! TAP! TAP!
J'AI DÉJÀ VU LA PLUPART DE CES FLEURS...
... MAIS JE N'EN CONNAIS PAS LE NOM.
AH...
PÉTUNIAS
UN CŒUR EN PAIX
500 YENS
PERVENCHES DE MADAGASCAR
DES SOUVENIRS HEUREUX
130 YENS
LA SIGNIFICATION EN LANGAGE DES FLEURS EST ÉCRITE.
C'est sympa.
JE ME DEMANDE À QUOI SERT LE LANGAGE DES FLEURS.
ET COMMENT EST DÉCIDÉE LA SIGNIFICATION DE CHAQUE FLEUR, D'AILLEURS ?
QUELQU'UN DOIT BIEN AVOIR CHOISI...
SCRUTE まじ SCRUTE まじ
STAP!
VOUS CHERCHEZ QUELQUE CHOSE EN PARTICULIER ?
AH !
NON, JE...

AH...
??!!

FROSH
かさっさっ
SA...
SAEKI ?
AKIRA ! INTERDICTION DE JOUER AVEC LES FLEURS !
PAPA !
...
SAEKI...
Une amie à toi ?
C'EST CHEZ TOI ?

SUIS-MOI UNE SECONDE, TAKAMINE.
HEIN ?
!?
BOBOM !
BOBOM !
BOBOM !
S'IL TE PLAÎT...

... POURRAIS-TU GARDER TOUT ÇA POUR TOI ?
POU...
Son visage est si proche...
POURQUOI ?
...
GLOUPS
PARCE QUE JE NE VEUX PAS QUE ÇA SE SACHE AU LYCÉE, LES GENS VONT DIRE QUE C'EST "MIGNON" OU "ADORABLE". C'EST BLESSANT, TU SAIS.
Je veux qu'on me considère comme un mec viril !
HEIN ?
EN PRIMAIRE, ON M'APPELAIT "LE GARÇON AUX FLEURS" OU "L'EFFÉMINÉ".
TOUT LE MONDE SE MOQUAIT DE MOI ! C'EST UNE HORRIBLE PÉRIODE DE MA VIE QUE JE TENTE DÉSESPÉRÉMENT D'OUBLIER !
Il arrive un âge où le mot "mignon" devient tabou pour les garçons !
ÇA N'A PAS DÛ ÊTRE FACILE À VIVRE...

Pfff ! Et maintenant, tu as tout découvert.
LA CRASSE SOUS SES ONGLES...
... C'EST PARCE QU'IL AIDE SON PÈRE.
TU...
TU NE DEVRAIS PAS LE CACHER.
HEIN ?

MOi...
... JE TROUVE ÇA MERVEILLEUX !

PFFT !
AH
はっ
...
ON NE SE CONNAÎT PAS ENCORE BEAUCOUP, JE N'AURAIS PEUT-ÊTRE PAS DÛ M'EN MÊLER.
C'EST LA PREMIÈRE FOIS QU'ON ME DIT ÇA.

JE TE REMERCIE.
IL... IL ME FAUT DES FLEURS.
POUR 2000 YENS* À PEU PRÈS.
JE TE FAIS CONFIANCE.
TOUT DE SUITE !
* ENVIRON 15 EUROS.
JE NE SUIS PAS ENCORE TRÈS DOUÉ POUR LES BOUQUETS, JE N'EN COMPOSE PAS.
Mais je peux choisir les fleurs.

Soleil
WAOUH !
ON SENT L'EXPÉRIENCE...
FIXE
On dirait presque de la magie.

TIENS ?
SCRUTE きょろ
SCRUTE きょろ
Soleil
OÙ EST SAEKI ?
IL DOIT ÊTRE OCCUPÉ...
FRSH !
MERCI POUR VOTRE CONFIANCE !
HOCHE ぺこり
STAD !

TAKAMiNE !
OUi ?
HEiN...?

* LE PRÉNOM DE RAN EST ÉCRIT AVEC LE CARACTÈRE DE L'ORCHIDÉE ET IL SE PRONONCE DE LA MÊME FAÇON.

QU'EST-IL...
MERCI BEAUCOUP !
... EN TRAIN DE M'ARRIVER ?

Super dictionnaire électronique de luxe qui contient même le langage des fleurs.

Langage des fleurs
Lilas Lilac
Signification
Amitié, souvenirs
Classification
Famille des Oléacées, Syringa reticulata
J'AI SENTI LE SOLEIL DE PRINTEMPS...
... ME BAIGNER DÉLICATEMENT...
... DE SA LUMIÈRE.

LILAS
Langage des fleurs
• Amitié
• Souvenirs
• Premier amour
etc..

JARDIN
SECRET

Épisode 2
Ran et les hortensias

# JARDIN SECRET

J'EN AI DÉJÀ MARRE DE LA SAISON DES PLUIES !
J'ai des frisottis dans les cheveux !
JE N'AURAI PAS BESOIN D'ARROSER, AUJOURD'HUI.
TU M'ÉCOUTES ?
É... ÉVIDEMMENT !
Hm... TU NE PEUX PAS ME COMPRENDRE, TOI, TU AS LES CHEVEUX BIEN LISSES.
JE SENS QUAND MÊME QU'ILS SONT HUMIDES.
HAHA !
Tes pointes ne sont pas abîmées !
Et puis c'est quand ce pain géant fourré à la viande s'est mis à me poursuivre que je me suis réveillé.
Terrible !
Tu aurais dû te rendormir un peu.
Non, sinon je serais arrivé en retard !
UNE SEMAINE S'EST ÉCOULÉE DEPUIS CE JOUR.

JE SUIS RETOURNÉE À MON QUOTIDIEN.
Tu peux me faire voir tes notes de cours, 2 secondes ?
À CROIRE QUE TOUT N'ÉTAIT QU'UN RÊVE.
Rien n'a changé.
MAIS...
"ELLES REPRÉSENTENT MES SENTIMENTS."

... POUR UN RÊVE, EN TOUT CAS...
... IL RESTE TRÈS CLAIR DANS MA MÉMOIRE.
"MERCI BEAUCOUP !"
WHAM
ばばっ
!!
Il m'a vue...
Qu'est-ce qu'il y a ?
BOBOM
J'AVAIS CARRÉMENT LE REGARD FIXÉ SUR LUI !
BOBOM
?
HÉ ! REGARDEZ ÇA !

LES HORTENSIAS SONT MAGNIFIQUES !
ILS VIENNENT TOUT JUSTE DE FLEURIR.
AH BON ?
JE N'AVAIS PAS REMARQUÉ.
MAIS, TOI, T'ES AVEUGLE, YAMADA.
Hahaha
T'es assis à côté de la fenêtre, en plus.
...
C'EST PARCE QUE QUELQU'UN S'EN OCCUPE AVEC AMOUR.
Ce quelqu'un.
C'est vrai, désolé.

BOBOM
きゅん
J'AIMERAIS TANT...
... LUI PARLER ENCORE UN PEU.
MAIS DE QUOI ?
Hmm...
JE SUIS RENTRÉE !

しな…
FANÉ
!!!!
C'EST PAS VRAI...
ELLES SONT ENCORE EN MOINS BON ÉTAT QUE CE MATIN !
へなへな…
DÉPITÉE
LES JOLIES FLEURS QUE M'AVAIT OFFERTES SAEKI !
LES PLANTES SONT VIVANTES...
ÇA DEVAIT BIEN ARRIVER UN JOUR.
しゅん
SNIF

JE N'AI PAS VRAIMENT ENVIE...
... DE LES JETER.
JE SAIS !
JE PEUX TOUJOURS LES FAIRE SÉCHER !
En ne gardant que les belles fleurs.

MATÉRIEL
• Mouchoirs
• Un gros dictionnaire
DICTIONNAIRE
Japonais classique
TROP FACILE !
^^
...
ごくっ…
GLOUPS
PARDON DE VOUS ARRACHER !
TIC ぷち
TIC ぷち
TIC ぷち
C'EST TROP CHOU.
CHACUNE DE CES FLEURS...
... EST MAGNIFIQUE.
LES PÉTALES SONT RECROQUEVILLÉS, ÇA NE VA PAS ÊTRE FACILE DE LES METTRE BIEN À PLAT.
BRR ぶる
C'est fragile comme tout !
BRR ぶる

AH !
SI JE LES UTILISE POUR FAIRE UN MARQUE-PAGE, ÇA ME DONNERA PEUT-ÊTRE ENCORE PLUS ENVIE D'ÉTUDIER !
Héhé !
J'AI HÂTE ! ♪
PIIIIH !
WAAAH !

パコーン
PAAAAM
!!
ふう.
PFF
ビュー
WOOSH
ッ
TAKAMINE

Très impressionnant, Takamine !
On se croirait dans Jeu, set et match !
パチパチ
CLAP CLAP パチパチ
HOCHE ぺこり
Je compte sur toi pour nous aider au club de tennis, si on manque de gens.
HAN ぜぃ
はあ HAN
ELLE A BATTU INOUE DU CLUB DE TENNIS.
ひそ PSST
ひそ PSST
ELLE RIVALISE AUSSI AVEC LES FILLES DU CLUB D'ATHLÉTISME SUR LE 50 MÈTRES.
ELLE EST TROP PARFAITE, C'EST FLIPPANT.
C'EST P'TET UN ANDROÏDE.
HAHA !
...
ON VOUS ENTEND, BANDE DE JALOUX !
Entrainez-vous au lieu de jacasser !
Pff, la relou !
Trop chiante...
Hahaha !
ET TOI, NE TE LAISSE PAS FAIRE !
パコーン POC
ÇA NE LES FERAIT PAS ARRÊTER, DE TOUTE FAÇON.
POC
NE SOIS PAS SI NÉGATIVE !
ESSAYE DE T'ENTENDRE UN PEU MIEUX AVEC LES GARÇONS ET PROFITE DE TA JEUNESSE !
TU ES LA FLEUR DU LYCÉE, NE L'OUBLIE JAMAIS !
Mais laisse tomber les boulets dans leur genre !
JE NE SUIS PAS TRÈS DOUÉE POUR ÇA...

COMMENÇONS PAR ALLER MATER LE CLUB DE FOOT EN ACTION !
C'est rempli de beaux gosses !
Meneuse
HEIN ?
MAIS ON DOIT RAMASSER LES BALLES...
PLUS TARD !
Allez, la classe 1 !
WAOUH !
AKIRA !

WAOUH...
SAEKI EST DRÔLEMENT DOUÉ.
YAMA-DA !
JE L'AI !
C'est bon !
Yamada Special Justice Shoot !!
YAHOOO!
あちょー
BONK
AH !
Yamada
WOOOOSH
!

FROSH
LES HORTENSIAS !!!
AAH !!
FRSH
FRSH
BOUUH
APPRENDS À VISER, YAMADA !!
Les filles le huent.
BOUUH
DÉSOLÉ ! JE FAIS PARTIE DU CLUB DE BASKET, MOI, À LA BASE.
NYÉHÉHÉ !
Rin-gard !
Gros naze !
!!!
Ran, criant en silence.

IL POURRAIT ÊTRE UN PEU MOINS BRUSQUE...
BROUHAHA
À la bouffe !
BROUHAHA
J'ai faim !
Je dégouline.
SCRUTE
RAN ?
SCRUTE
AKIRA !
OÙ EST-IL PASSÉ ?
J'ESPÈRE QUE ÇA VA...
STAP
HAN !
C'était où, déjà ?

!!
FROUSH
OUAH
HOP
OUF ! LES TIGES NE SONT PAS CASSÉES !
PARFAIT !

AH...
TU ES LÀ ! JE T'AI CHERCHÉE PARTOUT !
INOUE
TAKAMINE
ON Y VA, JE MEURS DE FAIM !
Et si on ne se dépêche pas, les meilleurs trucs seront tous vendus !
HEIN ? AH, O.K.
J'IRAI LE REMERCIER...

BROUHAHA
AH LÀ LÀ...
BYE-BYE !
IL FAISAIT SI BEAU, TOUT À L'HEURE...
TAP !
TAP !
MON PARAPLUIE...
OÙ EST-CE QUE JE L'AI RANGÉ ?
FOUILLE
Tiens ?
Ah ! Il était planqué sous mon dictionnaire.
AKIRA !
TU AVAIS EMPORTÉ UN PARAPLUIE ?!

Oui, j'en ai presque toujours un.
Nous, on va devoir se partager le même !
AH !
JE N'ARRIVE PAS À L'OUVRIR !
CRSH ガサ
CRSH ガサ
CRSH ガサ
CRIIK !
OUPS ちーん…
Ça doit être à cause du poids du dictionnaire.
PFF… ガーン

PLIC!
PLIC!
PLIC!
?
PLIC!
SAEKI !
PLIC!
!
PLIC!

OUF !
J'AI CRU QUE TU NE M'ENTENDRAIS PAS...

TU N'AS PAS DE PARA-PLUIE ?
Ouah !
IL EST...
... CAS-SÉ.
IL EST TOUT PROCHE !
Argh ! PAS DE BOL.
AH !
OUI ?
EUH...
JE VOULAIS...
... TE REMERCIER...
... D'ÊTRE ALLÉ VOIR LES HORTENSIAS.

TU M'AS SUIVI JUSTE POUR ÇA ?
...
HOCHE
!
FROTTE
YAMADA S'EN VOULAIT BEAUCOUP, TU SAIS.
PARDONNE-LE.
D'ACCORD...

JE TE RACCOMPAGNE.
TU PRENDS LE TRAIN ?
Ou le bus ?
OH, NE T'EN FAIS PAS ! J'Y SERAI VITE EN COURANT !
NE SOIS PAS STUPIDE...
Il tombe des cordes.
S... STUPIDE ?
AH !
SI TU HABITES DANS LE COIN, TU DOIS CONNAÎTRE LE TEMPLE MINAZUKI ?
OUI, C'EST SUR MON CHEMIN.
AH BON !
...
TU AS UN PEU DE TEMPS DEVANT TOI ?

HEIN ?
WAOUH !
JE N'ÉTAIS JAMAIS ENTRÉE ICI.
C'EST INCROYABLE !

ON... ON PARTAGE LE MÊME PARAPLUIE, COMME LES COUPLES.
UNE CLIENTE M'A DIT QUE C'ÉTAIT LA MEILLEURE PÉRIODE POUR VISITER LE TEMPLE.
ÇA M'A DONNÉ ENVIE.
JE FAIS UN DÉTOUR...
... APRÈS L'ÉCOLE, AVEC UN GARÇON...
MERCI DE M'AVOIR MONTRÉ LE CHEMIN.

ON EST SI PROCHES...
SON BRAS ME CHATOUILLE.
...
Elle n'écoute pas ?
AH !
IL PARAÎT QU'IL Y A DES HORTENSIAS EN FORME DE COEUR, ICI !
Toujours d'après ma cliente.
AH
AH OUI ?
J'AIMERAIS BIEN EN VOIR !
ÇA VA ÊTRE DIFFICILE D'EN TROUVER PARMI TOUTES CES FLEURS...
OUI...
UNE RAINETTE...

PLOP !
KYAAA !
TAKAMINE ?!
TOUT VA BIEN ?!
Qu'est-ce qu'il y a ?
LA RAINETTE...
ELLE M'A SAUTÉ DESSUS...

TU PEUX TE LEVER ?

J'AI...
... ÉTÉ SUR-PRISE.
HAHA !
C'EST FINI.
ÇA VA ?
Ta jupe...
OUI, ELLE N'EST PRESQUE PAS SALE.
C'est un vrai miracle.
IL M'A VUE ME COMPORTER EN IDIOTE !
LA HONTE !
Je voudrais me cacher dans un trou !
FRSHH

ALORS COMME ÇA, TOI AUSSI, TU AS DES POINTS FAIBLES, TAKAMINE !
ÇA ME RASSURE UN PEU.
...
S'INCLINE
EUH...
NON, OUBLIE ! JE TE DEMANDE PARDON !!
HEIN ?
ON N'AURAIT JAMAIS DÛ VENIR ICI.
NE...
NE DIS PAS ÇA !

GRÂCE À TOI, SAEKI...
... J'AI DÉCOUVERT CE MAGNIFIQUE PETIT CHEMIN, À DEUX PAS DE CHEZ MOI !
AH BON...
OUI...

J'AI DIT QUELQUE CHOSE DE BIZARRE ?
VITE, UN SUJET DE CONVER-SATION !
AU FAIT ! TU SAIS, LES LILAS QUE TU M'AS OFFERTS L'AUTRE JOUR...
ILS DOIVENT DÉJÀ ÊTRE FANÉS, NON ?
Depuis le temps...
FRSH
FRSH
FRSH
J'EN AI FAIT SÉCHER QUELQUES FLEURS.

TROP BIEN !
JE PEUX VOIR ?
OUI, TIENS.
WAOUH...
ELLES SONT AUSSI BELLES QU'EN PLEINE FLORAISON.
ELLES DOIVENT ÊTRE CONTENTES.

TU AS FAIT ÉNORMÉMENT POUR MOI, AUJOURD'HUI. SI TU L'AIMES, TU PEUX LE GARDER !
J'en ai fait plein.
HEIN ?
OH, PARDON ! DES FLEURS, CE N'EST PAS TRÈS VIRIL, C'EST VRAI ! TU NE T'EN SERVIRAIS PROBABLEMENT PAS !
Je trouverai autre chose pour te remercier.
SI, SI ! JE M'EN SERVIRAI ! VIVE LES FLEURS !
MERCI !

IL NE PLEUT PLUS.
ON RENTRE ?
OUI...
CETTE JOURNÉE ÉTAIT RICHE EN ÉMOTIONS.
J'AIMERAIS...
... LA FAIRE DURER UN PEU PLUS LONGTEMPS.
VIENS PAR ICI, TAKAMINE !
J'ARRIVE !
?
TAP
TAP
TAP
REGARDE CET HORTENSIA À L'ENVERS.

IL EST EN FORME DE COEUR !
OUI, C'EST VRAI !
BONK
QUEL ENTRAIN, TAKAMINE...!
Tu as la tête dure.
PARDON...
DZ!N

C'EST CHOUETTE QU'ON EN AIT TROUVÉ AU MOINS UN !
LE SOURIRE DE SAEKI...
... EST AUSSI LUMINEUX QUE LE SOLEIL APRÈS LA PLUIE.

DIING ! DOOONG !
OH !
BROUHAHA !
C'EST QUOI ?
HEIN ?
AH, ÇA ?
J'IGNORAIS QUE TU ÉTAIS DU GENRE À UTILISER DES TRUCS PAREILS, AKIRA.
BROUHAHA !
Il s'en sert vraiment...
SCRUTE
LA FERME.
Haha !
C'EST UNE PREUVE D'AMITIÉ !
Ah oui ? J'en veux un, moi aussi !
C'est vraiment pas ton genre, à toi !

En parlant d'amitié, regardez ça !
Ça va la tête ?
J'ai envie...
... de me rapprocher un peu plus...
... de cette lumière.

HORTENSIAS
Langage des fleurs
• Patience
etc...
On les appelle aussi "hydrangeas".

JARDIN
SECRET

Épisode 3
Ran et les
gypsophiles

# JARDIN SECRET

ON EST CÔTE À CÔTE !
RAVI D'ÊTRE TON NOUVEAU VOISIN !
!!
Pile de manuels qu'il laisse à l'école
M...
MOI AUSSI...
Maths !
SAEKI...
J'ESPÈRE QUE TU NE COPIERAS PAS TROP SUR TAKAMINE !
CE N'EST PAS MON GENRE !

ON EST L'UN À CÔTE DE L'AUTRE...
BOBOM
BOBOM
Oh ! Tu comptes répondre au pif, alors ?
Mais non !
KAC
?
CONSEIL DES ÉLÈVES
DOM
?!
T-T-T-T-TAKAMINE ! C'EST TERRIBLE !!
DUIIN
VICE-PRÉSIDENTE
LA VICE-PRÉSIDENTE ET LE TRÉSORIER DU CONSEIL DES ÉLÈVES ?
QUE SE PASSE-T-IL ?
C'est quoi, ce raffut ?
OÙ...

* FÊTE DES ÉTOILES DU 7 JUILLET QUI RAPPELLE UNE ANCIENNE LÉGENDE CHINOISE.

IL EST EN VOYAGE D'AFFAIRES TOUTE LA SEMAINE.
DÉPITÉS
URGH
LE CONSEIL DES ÉLÈVES AURAIT DÛ S'ARRANGER PLUS TÔT AVEC LE CLUB D'HORTICULTURE.
À MON AVIS, ON N'EST PAS SORTIS DE L'AUBERGE, AVEC LE CONSEIL DE CETTE ANNÉE.
Trop chelous, ces binoclards !
...
Désolée de ne pas pouvoir vous aider.
Tu n'y peux rien.
BON ! SORTEZ VOS MANUELS !
HMMM...
PSST
QUI POURRAIT BIEN VENDRE DU BAMBOU ?
AU PIRE, ON POURRAIT ALLER EN CHERCHER DIRECTEMENT À LA MONTAGNE...
PSST
Tu peux lire la page 35, Katô ?
PSST
IL SUFFIRAIT QU'UN PROF NOUS ACCOMPAGNE AVEC UNE CAMIONNETTE...
TOC !
TOC !
!

CHEZ MOI.
VOUS POURRIEZ PEUT-ÊTRE ACHETER EN GROS.
ガタ
CLANK
C'EST VRAI ?!
!!
TAKA-MINE ?
AH...
Désolé, c'est ma faute
PAR-DON...

NOTRE SAUVEUR !
SEI-RAN...
Gare de Seiran
KSHHH !
TU N'ES PAS OBLIGÉE DE VENIR JUSQU'À LA BOUTIQUE, TU SAIS.
Je demanderai à mon père.
LE CLUB D'HORTICULTURE EST CENSÉ AIDER POUR L'ORGANISATION DE LA FÊTE.
QUEL SÉRIEUX !
LE SIMPLE FAIT D'ÊTRE AVEC LUI ME REND NERVEUSE.
BLA
BLA
Reste zen !
HEUREUSEMENT, DANS TOUTE CETTE FOULE, C'EST FACILE DE NE PAS PRÊTER ATTENTION AUX BATTEMENTS DE MON COEUR.
?
BOM
OUAH !
OUPS, PARDON !

ATTENTION !
EXCUSE-MOI !
BLUSH
TU PEUX T'ACCROCHER À MOI, SI TU VEUX.
ÇA VA ALLER, JE TRAVAILLE MON ÉQUILIBRE TOUS LES JOURS.
Avec un ballon de gym.
QUELLE ATHLÈTE !
C'est fou !
ガタン
KATAM
ゴトン
KATAM

KATAM !
TIENS-TOI QUAND MÊME, JUSTE AU CAS OÙ.
KATAM !
KATAM !
CO...
COMMENT ÇA VA, À LA BOUTIQUE ?
KATAM !
KATAM !
C'EST TRANQUILLE, PENDANT L'ÉTÉ.
MAIS LA FÊTE DE TANABATA, C'EST AUSSI LE JOUR DES GYPSOPHILES. ON RISQUE D'AVOIR DU MONDE.
DES GYPSO-PHILES ?

Oui !
CES PETITES FLEURS BLANCHES RESSEMBLENT À DES ÉTOILES QUI BRILLENT DANS LA NUIT.
C'est pour ça.
ELLES ONT BEAUCOUP DE SUCCÈS CES DERNIERS TEMPS.
AH BON...
C'EST MAGNIFIQUE.
AH !
SI ON COLLE DES GYPSOPHILES SUR LES CARTES DE VOEUX...
... ÇA DEVRAIT RESSEMBLER À UN CIEL ÉTOILÉ ET ÊTRE MAGNIFIQUE...
PSST
PSST
PFFT !
TU PARLES SOUVENT TOUTE SEULE, ET FORT, EN PLUS. C'EST MARRANT.
Hahaha !
C'est fait exprès ?
VRAIMENT ?!
Je ne m'en rendais pas compte.

MAIS TON IDÉE...
... JE LA TROUVE EXCELLENTE, MOI !
BIP !
C'EST O.K. POUR LA LIVRAISON DE BAMBOUS.
Soleil

Quel soulagement !
MERCI PAPA, T'ASSURES !
Je m'apprêtais déjà à m'excuser.
MERCI BEAU-COUP !
HOCHE
Soleil
DE RIEN.
Une bonne chose de faite !
PRENDS TON TEMPS, IL FAIT PLUS FRAIS ICI QUE DEHORS.
Il n'y a que des fleurs, mais bon...
HEIN ?
AH, D'ACCORD.
... je ne vais pas déranger ?
C'est gentil, mais...
ET VOILÀ...
JE SUIS REVENUE ICI.
DES FLEURS SÉCHÉES ?

OUI !
IL Y A TOUJOURS DES INVENDUS...
...MAIS CE SERAIT TROP BÊTE DE LES JETER.
COMME ÇA, ELLES NE FLEURISSENT PAS POUR RIEN.

AH !
AU FAIT, TU AS RECONTACTÉ LE CONSEIL DES ÉLÈVES ?
AH NON ! J'Y VAIS DE CE PAS !
Hein ?
TU RETOURNES À L'ÉCOLE ?
DASH
C'EST IMPORTANT, LA COMMUNICATION !
Et puis c'est sur mon chemin.
À PLUS !
...
Elle ne doit pas beaucoup utiliser son portable.
TAP!
TAP!
TAP!
CETTE FILLE EST DÉJÀ VENUE À LA BOUTIQUE, NON ?
EUH, OUAIS.
C'est vrai.
Je dois arroser.
HM !
NON SEULEMENT TU NE LUI CACHES PAS QUE TU ES FILS DE FLEURISTE, MAIS, EN PLUS, TU L'AIDES.
TU NE CRAQUERAIS PAS POUR ELLE ?
MAIS... MAIS NON, PAS DU TOUT !

Quelques jours plus tard, pendant la pause-déjeuner...
TADAAA
Dans la salle du conseil...
FLAP
J'ai terminé !
LES BAMBOUS SONT ARRIVÉS...
... ET LES PRÉPARATIFS POUR LA FÊTE AVANCENT BIEN.
ENCORE MERCI POUR TOUT !
La secrétaire
SI ON PEUT FAIRE QUOI QUE CE SOIT, N'HÉSITE PAS !
OH, CE N'EST RIEN...
EH BIEN, EUH...
Nous sommes à ton entière disposition !
AH...

VOUS POURRIEZ PEUT-ÊTRE COLLER DES GYPSOPHILES SUR LES CARTES ?
HEIN ?
LA FÊTE DE TANABATA, C'EST AUSSI LE JOUR DES GYPSO-PHILES.
Vous le saviez ?
Les membres fleur bleue du conseil.
JE NE LE SAVAIS PAS, NON ! C'EST TROP MIGNON !
KYAA
KYAA
ÇA ÉMOUSTILLE MON COEUR DE JEUNE FILLE EN FLEUR !!
MALHEUREU-SEMENT...
Président du conseil
... NOUS N'AVONS PAS LE BUDGET.
BUDGE EN DÉFICIT
Ah...
OUI, C'ÉTAIT PLUS CHER QUE DANS VOTRE BOUTIQUE HABITUELLE...
Les bambous.
DOOOM
ET IL Y A BEAUCOUP DE CARTES À DÉCORER.
ÇA RISQUE D'ÊTRE COMPLIQUÉ.

Ne vous en faites pas pour ça !
On s'en veut de ne pas répondre à tes attentes.
Ils font (encore) profil bas.
BON, BEN TANT PIS, ALORS.
DOMMAGE...
"... JE LA TROUVE EXCELLENTE, MOI !"
JE ME DEMANDE S'ILS ONT EU LEURS BAM-BOUS...
DIIING ! DOOONG !

REGARDEZ ! C'EST TAKAMINE !
ON ESSAYE D'ALLER LUI PARLER ?
Haha !
Hein ?
LAISSE TOMBER, TU VOIS BIEN QU'ELLE EST OCCUPÉE.
Elle ne lâche pas le bambou des yeux.
Oui...
UN PEU PLUS HAUT...
NGH...

GRAB !
!
ÇA TE VA SI JE L'ACCROCHE ICI ?
EUH...
OUI...
Tu m'as fait peur...
TU FAISAIS UNE DE CES TÊTES !

HEIN ?
AH !
J'ÉTAIS CONCENTRÉE...
Je ne l'ai pas remarqué.
Il me regardait !
TU ARRANGES TOUT ÇA TOUTE SEULE ?
LES MEMBRES DU CONSEIL ONT UNE RÉUNION.
Ah bon...
TU AS FAIT DU BON BOULOT.
C'est trop cool, ce truc.
...
JE LEUR AI PROPOSE LES GYPSOPHILES.
MALHEUREUSEMENT, CE NE SERA PAS POSSIBLE.
LE BUDGET EST DÉJÀ DANS LE ROUGE.
HEIN ?
JE VOIS...
ON N'Y PEUT RIEN, ALORS.

COMME TU TROUVAIS AUSSI QUE C'ÉTAIT UNE BONNE IDÉE...
... J'AVAIS ENVIE D'ESSAYER, MAIS BON...
...
AH !

POURQUOI NE PAS UTILISER DES GYPSOPHILES SÉCHÉES ?
HEIN ?

HÉHÉ !
FRSH !
C'EST TROP MIGNON !
SHIMA
CONTINUE DE BOSSER.
DÉSOLÉE, JE N'AI PAS PU M'EMPÊCHER D'ADMIRER LE RÉSULTAT.
Cartes Tanabata

Il y en a tellement.
TU ES SÛR QU'ON PEUT NE RIEN PAYER ?
Cartes Tanabata
ON N'A QU'À DIRE QUE C'EST MA CONTRIBUTION.
D'AILLEURS...
... JE SUIS CONTENT QUE CES FLEURS SERVENT À QUELQUE CHOSE.
ELLES ÉTAIENT PLANQUÉES AU FOND DE LA BOUTIQUE.
JE SUIS SÛR QU'ELLES SERONT BEAUCOUP PLUS HEUREUSES LÀ OÙ ELLES SONT MAINTENANT !

TU ES GENTIL.
AUTANT AVEC LES GENS QU'AVEC LES FLEURS.
JE ME DEMANDE...
... CE QUE JE FERAI COMME VOEU.
Héhé !

?
QUOI, J'AI UN TRUC SUR LE VISAGE ?
NON...
JE ME DISAIS JUSTE QUE TES CHEVEUX ÉTAIENT MAGNIFIQUES.
HEIN ?!
AH...
MERCI...

COMME ÇA...
... ON DIRAIT VRAIMENT DES ÉTOILES SUR UN CIEL NOCTURNE.

T-T-T-TAKAMINE ! EXCUSE-NOUS !!
HAN
HAN
HAN
LA REUNION S'EST ETERNISEE !
DOM
OH ? DES GYPSOPHILES ?
BLA BLA BLA... (GRANDES EXPLICATIONS)
Ah bon...
Et toi, tu es venu lui donner un coup de main ?
C'EST VRAI ?!
MON VOEU...
... CE SERAIT...

BROUHAHA
BROUHAHA
OOOH !
MÊME PENDANT LA PAUSE-DÉJEUNER, IL Y A PLEIN DE MONDE !
LES CARTES DE VOEUX SONT ADORABLES !
KYAA
KYAA
JE VAIS POSTER UNE PHOTO SUR INSTA.
Il y a de la place par là.
ÇA FAIT PLAISIR.
QUOI ?

VOUS AVEZ DÉJÀ TOUS LES DEUX ÉCRIT VOTRE VOEU ?!
TADAAA
"ÊTRE POPULAIRE AUPRÈS DES FILLES."
"DEVENIR ROI DU PÉTROLE."
!
QUELLE BANDE DE CRÉTINS !
ET TOI, AKIRA ?
HMM...
C'EST UN SECRET ! ♡
JE NE L'AI MÊME PAS ENCORE ÉCRIT.
Tu n'arrives pas à te décider ?
...
C'est pas comme ça que tu vas plaire.
La ferme...
Hihi !
ET TOI, ALORS, RAN ?
Montre !
AH !
"LA PAIX DANS LE MONDE" ?!
J'aurais dû m'en douter.
TAKAMINE NE JOUE PAS DANS LA MÊME COUR QUE NOUS.
MOINS FORT, TOMO !
DWOM
DWOM
C'EST LA SAINTE VIERGE, CETTE FILLE.
HAHA !

ET...
ET TOI, TOMO ?
Héhé !
ME TROUVER UN NEW PETIT AMI
TOMOKA INOUE
TADAAA
ちゃーん
BEN, ET TON PETIT AMI ACTUEL ?
Bizarre...
ON A ROMPU, IL M'INTER-DISAIT TOUT !
C'EST DÉCIDÉ, RAN !
CET ÉTÉ, TOI ET MOI, ON VA SE TROUVER DES MECS BIEN !
YEAAAH !!
EUH...
YEAAAH...
JE ME DEMANDE...
La paix dans le monde

... CE QUE SAEKI VA SOUHAITER.
FRSH!
Je souhaite être vite capable de composer des bouquets.

PAR-FAIT !
CRR
Je vais l'accrocher.
!
QUI A BIEN PU ACCROCHER LE SIEN AUSSI À L'ÉCART ?
Voyons voir...
La paix dans le monde
AH, C'EST TAKAMINE !
Haha !

Ha !
ELLE A OUBLIÉ SON NOM.
"TU ES GENTIL.
AUTANT AVEC LES GENS...
... QU'AVEC LES FLEURS."
FRSH

OOH !
FRSH!
C'EST AGRÉABLE, CETTE PETITE BRISE !
FRSH!
FLAP !
FRSH!

Je voudrais me rapprocher encore plus de Saeki.
— —

HMMM...
FRSH!
C'EST SANS DOUTE CUPIDE DE SOUHAITER DEUX CHOSES.

CET ÉTÉ...
Je voudrais me rapprocher encore plus de Saeki.
Pareil pour moi.
... C'EST AUX FLEURS ÉTOILÉES...
... QUE J'ADRESSE MES VOEUX.

GYPSOPHILES
Langage des fleurs
• Chasteté
• Un cœur pur
etc...
En anglais, on appelle ces fleurs Baby's breath.
Ça veut dire "souffle de bébé".

JARDIN
SECRET

Épisode 4
Ran et les tournesols

* DES SÔMEN (NOUILLES BLANCHES) QUI DÉFILENT SUR UN TOBOGGAN DE BAMBOU ET QU'IL FAUT ATTRAPER AVEC SES BAGUETTES.

# JARDIN SECRET

Ils ont une pastèque !
C'est une vraie ?!
...
Mon grand-père nous l'a envoyée ! On peut la manger tous ensemble !
EUUUH
きょとん
Tu déchires, Yamada !
LES VACANCES D'ÉTÉ COMMENCENT BIENTÔT.
ON CROIRAIT ENTENDRE DES CLUBBERS.
Des "clubbers" ?
Des gros fêtards, si tu préfères.
Ce mot ne doit pas faire partie de ton vocabulaire.
DITES !
Vas-y !
Je vais éclater cette pastèque !
Vas-y !
VOUS AVEZ DES PLANS POUR L'ÉTÉ, LES FILLES ?
HEIN ?
Moi ?
GLOUPS...
Moi, je dois me concentrer sur le tennis.

VOYONS...
FLAP
FLAP
8 August
Arrosage en alternance avec les profs
Monday
Tuesday
Wednesday
Thursday
Friday
Saturday
Sunday
1 Arrosage
Réunion d'anciens du collège
2
11 h : cérémonie du thé
3 Arrosage
14 h : yoga
17 h : table ronde d'anglais
4 Arrosage
10 h : cours
5 Glamping en famille
6 Okubiwako
7
8 Arrosage
9
10 Arrosage
11
12 Arrosage
13 h : ciné avec papa
13
Révisions d'été (jusqu'au 11)
Maths II
Chimie
Anglais
Japonais moderne
Japonais classique
Anglais
Maths I
Biologie
Histoire
14
15
16
13 h : cours
17 Arrosage
14 h : yoga
17 h : table ronde d'anglais
18 Arrosage
10 h : cours
19 Shopping avec Yuri
Chez mamie
Réunion de famille
Visite au cimetière
21 Ballet avec maman
17 h : cours
22 Arrosage
13 h : cours
23
26
ずらりっFULL
WAOUH ! T'AS UN EMPLOI DU TEMPS DE MINISTRE !
JE POURRAIS PAS ÉTUDIER AUTANT, MOI...
C'EST QUOI, LE "GLAMPING" ? ESCALADER DES PAROIS ROCHEUSES ? OU PAS ?
DOM DOM
やじうま CURIEUX
...
...
NAN, ÇA C'EST LE "BOULDERING".
CHOC DES CULTURES
カルチャーショック
VENANT DE TAKAMINE, ÇA NE M'AURAIT PAS ÉTONNÉ.
PSST
C'est quoi, le "glamping" ?
PSST
Du camping de luxe.
TOUT SEMBLE PARFAITEMENT NORMAL, POUR MOI...
CONSACRE-MOI UN PEU DE TEMPS, AUSSI.

美空駅*
IL Y A UN TAS DE FAÇONS DIFFÉRENTES DE PROFITER DE L'ÉTÉ.
* GARE DE MISORA
AU MOINS, J'AURAI APPRIS QUELQUE CHOSE.
BIP!
Organisé par l'office du tourisme de Misora-machi
Pourquoi ne pas vous balader dans un champ de tournesols ?
Navettes (20 minutes) au départ de la gare de Misora
Champ de tournesols de Misora
Réservations 0120-00-0000
LES AUTRES...
... PARTICIPENT PEUT-ÊTRE À CE GENRE D'ÉVÉNEMENT ?
Oups, je parle encore toute seule.

POC!
OUAH !
C'est froid !
JE T'AI BIEN EUE !
SAEKI...

QUE FAIS-TU ICI ?
dans un champ de tournesols ?
Pourquoi ne pas vous balader dans un champ de tournesols ?
CET ÉVÉNEMENT T'INTÉRESSE ?
Il n'y a que des tournesols, haha !
JE VIENS DE VOIR L'AFFICHE, PAR HASARD.
JE LIVRAIS DES FLEURS.
ET TOI, TU RENTRES DE TES COURS ?
C'est dans le coin, non ?
OUI.
ÇA M'A FAIT PENSER À TOI...
... PUISQU'ON DISCUTE SOUVENT DE FLEURS, TOUS LES DEUX.
ENFIN, TU VOIS...
Héhé !
TU AS DES JOURNÉES LIBRES, TAKAMINE ?
FLAP
FLAP
Euh...
OUI !
APRÈS-DEMAIN, PAR EXEMPLE. C'EST UN DIMANCHE.

PARFAIT !
POF
C'EST LE JOUR IDÉAL POUR SE DÉTENDRE UN PEU !
HEIN ?
HÉHÉ
Pourquoi ne pas vous balader~
JE CONNAIS LE PROPRIÉTAIRE DU CHAMP.
J'Y ALLAIS SOUVENT AVANT, JE POURRAI MÊME TE FAIRE VISITER !
JE LE CONTACTERAI ET JE TE TIENS AU COURANT. FILE-MOI TON ID.
Par code QR, si tu préfères.
!!
JE N'UTILISE PAS LES RÉSEAUX SOCIAUX...
Par code quoi ?
HEIN ?
Sérieux ? TU COMMUNIQUES PAR SMS AVEC INOUE, ALORS ?
ELLE ME RÉPÈTE SOUVENT QUE ÇA L'EMBÊTE...
J'imagine ! COMMENÇONS PAR LE COMMENCEMENT.

Euh...
COMMENT JE M'ENREGISTRE ?
En panique
D'ABORD, IL FAUT TE CRÉER UN COMPTE.
OUAH...
Entre ton numéro.
D'accord.
SON FRONT...
... EST TOUT CHAUD...
DZIDZIDZI !!...

WAOUUUF !
TIC...
TIC...
TIC...
TOUT EXCITÉE
...
IL NE M'ENVERRA PROBABLEMENT RIEN AUJOURD'HUI...

DLIN
OUAH !
Volume max.
23 : 20
50%
Akira Saeki
Désolé d'avoir autant tardé !
Dimanche, rdv à la gare de Misora à 11 h, ça te va ?
23:20
IL M'A VRAIMENT INVITÉE...
Aïe ! Non, je ne rêve pas.
EN... TEN...
"ENTEN-DU."
Signes
Espace
DLING !
Entendu.
23:21
Quelle politesse ! Lol
TROP RAPIDE !
C'EST FOU, LA TECHNOLOGIE.

...
CATACLYSME À L'HORIZON !
RAN A UN RANCARD ?!
Je me disais bien que tu avais l'air tout excitée !
C'EST PAS VRAI !
ON EST JUSTE AMIS !
Rends-moi ça !
T'AS DES AMIS GARÇONS, TOI ?!
VLAM
QUELQU'UN PEUT M'EXPLIQUER ?!
KYAAA ! BIEN JOUÉ, MA RAN CHÉRIE !
UN GARÇON OSERAIT T'INVITER À SORTIR AVEC LUI SANS MÊME ÊTRE VENU SALUER TON PÈRE ?!
C'EST TROP LOUCHE, JE NE PEUX PAS LUI FAIRE CONFIANCE !
Je vais te choisir tes fringues !
Il est beau garçon ?
C'EST MÉCHANT POUR SAEKI, PAPA !
GYAA
GYAA
CHAOS TOTAL CHEZ LES TAKAMINE.

BIP BIP
美空駅
BLA...
BLA...
MIS
Un manne-quin ?
JE SUIS ARRIVÉE UN PEU TÔT...
BLA...
JE SUIS TELLEMENT NERVEUSE !

DÉSOLÉ DE T'AVOIR FAIT ATTENDRE !
HOP
ひょこ
OUAH !
BON... BONJOUR !
OUAH...
うははっ
Hahaha !
JE TE REMERCIE DE PASSER LA JOURNÉE AVEC MOI !
C'EST LA PREMIÈRE FOIS QUE JE VOIS QUELQU'UN À QUI UN AUSSI GRAND CHAPEAU VA BIEN !
OUAH...
TU COMPTES DORMIR SUR PLACE ?
C'est quoi, cet énorme panier ?
LAISSE, C'EST LOURD.

LE BUS EST LÀ.
DÉPÊCHONS-NOUS !
C'EST LA PREMIÈRE FOIS QUE JE LE VOIS SANS SON UNIFORME.
WAOUH !

IL N'Y A QUE DES TOURNESOLS À L'HORIZON !
C'EST À COUPER LE SOUFFLE, HEIN ?
hamp de tournesols
AKIRA !
BONJOUR, MONSIEUR !
ÇA FAIT UN BAIL !
Votre femme est là aussi !
C'EST FOU CE QUE TU AS GRANDI !
Hahaha !
TA MÈRE VA BIEN ?
ÇA VA, ELLE RÉCUPÈRE.

APRÈS TOUT CE TEMPS SANS METTRE LES PIEDS ICI...
... TU NOUS RAMÈNES TA PETITE COPINE ?
C'est beau, la jeunesse !
CE... CE N'EST PAS CE QUE VOUS CROYEZ !
BON, ON Y VA ?
OUI !
GROOOWL
...
Eh ben...
SI ON MANGEAIT, D'ABORD ?
JE SUIS VENUE...
... AVEC DE QUOI PIQUE-NIQUER !
Comme on passe la journée ici...

WAOUH, TU AS MIS LE PAQUET !
Tiens, une serviette.
Merci !
Vous aimez la cuisine tradition-nelle, dans ta famille ?
C'est meilleur pour la santé.
J'ESPÈRE QUE ÇA TE PLAIRA...
BON APPÉTIT !
GNOM
ば
QUELLE ÉNORME BOUCHÉE !
MMH !
UN VRAI RÉGAL !
OUF !

AH !
TU AS UN GRAIN DE RIZ COLLÉ SUR LA JOUE.
!
GLOUPS
?!

KHOF
げほっ
DESO-LÉ !
BOIS UN PEU DE THÉ...
KHOF
げほっ
ÇA FAISAIT LONGTEMPS QUE JE N'AVAIS PAS MANGÉ D'AUSSI BONS PLATS MAISON, J'AI TOUT ENGLOUTI TROP VITE.
KHOFF
けほっ
MON PÈRE ET MOI, ON N'ARRIVE À CUISINER QUE LE MINIMUM.
Haha !
...
EUH...
ET TA MÈRE ?
AH...
HEIN ?
ELLE EST À L'HÔPITAL.
Ouais...
ELLE A ÉTÉ TRÈS MALADE ET, DEPUIS, ELLE Y FAIT DES SÉJOURS RÉGULIERS.
FSHH...
FSHH...
FSHH...

MAIS ELLE RÉCUPÈRE BIEN !
Et on s'appelle souvent.
AH BON...
JE NE SAVAIS PAS...
Au fait ! C'est quoi, ça ?
Du bœuf Ômi bouilli.
Du bœuf Ômi ?!
Plus une miette
FOUAAAH !
J'AI LE VENTRE PRÊT À EXPLOSER !

EN TOUT CAS, J'AI BIEN MANGÉ !
C'EST GENTIL DE NE PAS EN AVOIR LAISSÉ.
J'ai un peu trop cuisiné.
C'ÉTAIT À TOMBER !
Et je mange toujours beaucoup.
IL Y A PLEIN DE TOURNESOLS !
KYAA キャ
KYAA キャ
TOUT PARTOUT !
ILS ONT L'AIR CONTENTS.
Héhé !
JE VENAIS SOUVENT, À LEUR ÂGE.
AVEC TES PARENTS ?
OUI.
MA MÈRE ADORE LES TOURNESOLS.
Akira, 3 ans.
J'ÉTAIS HABILLÉ EN JAUNE DE LA TÊTE AUX PIEDS.
Sans oublier les motifs tournesols.
C'EST TROP CHOU !
^^

QUAND MA MÈRE M'A APPRIS LE LANGAGE DES FLEURS...
... ELLE A COMMENCÉ PAR LES TOURNESOLS.
ET QU'EST-CE QU'ILS VEULENT DIRE ?
LES BOURGEONS...
... SE TOURNENT TOUJOURS VERS LE SOLEIL POUR FLEURIR, DONC...

AH !
LE BUS TOURNESOL !!
Ça me rappelle tant de souvenirs !
VIENS, ON MONTE !
ATTENTION AU DÉPART !
C'EST AGRÉABLE D'ÊTRE À L'OMBRE.
TU AS TROP CHAUD ?
À VRAI DIRE, JE CROIS QUE J'ÉTAIS SUR LE POINT DE CRAMER.
FOUAAAH
ふあー

LA DIGESTION, ÇA FATIGUE, HEIN ?
DÉSOLÉ.
JE ME SUIS LEVÉ TÔT POUR M'OCCUPER DE LA BOUTIQUE.
J'ai toujours un coup de barre à cette heure-ci.
JE VOIS...
IL A AIDÉ SON PÈRE CE MATIN AUSSI.
EXCUSE-MOI.
JE T'AI FAIT VENIR ICI ALORS QUE TU ÉTAIS FATIGUÉ...

POURQUOI TU T'EXCUSES ?
J'AVAIS ENVIE DE VENIR AVEC TOI. SINON, JE NE TE L'AURAIS PAS PROPOSÉ.
IL RECOMMENCE...

COMMENT PEUT-IL DIRE ÇA AUSSI SEREINEMENT ?
?!
FSHH...
AH

POF
SA-SA-SA...
Il est lourd...
ZZZ...
ZZZ...
SAEKI ?!!
TOUT LE MONDE NOUS REGARDE !
Il doit être épuisé.
HUHUHU !
RÉVEILLE-TOI !
Il s'endort facilement.
ZZZ...

LES CHEVEUX DE SAEKI...
... ONT UN LÉGER PARFUM DE FLEURS.
KATAM!
KATAM!

PSHHH !
Arrêt du bus tournesol
Bus tournesol
DÉSOLÉ, JE ME SUIS ENDORMI.
Quel nul...!
NE T'EN FAIS PAS ! 15 MINUTES DE SIESTE, ÇA FAIT DU BIEN !
FSHHH...
AH...!

FIUUUUU
ひゅるるるる
POF!
IL S'EST ENVOLÉ SUPER LOIN !
JE VAIS LE CHERCHER !
FRSH
がサ…
Je vais faire attention aux fleurs.
AH !
TAKAMINE !
ATTENDS, TU RISQUES DE SALIR TES VÊTEMENTS !
HEIN ?

JE VAIS Y ALLER !

FRSH !
FRSH !
TIENS ?
FRSH !
FRSH !
J'ÉTAIS SÛR QU'IL ÉTAIT PAR ICI.
POURQUOI ?
FRSH
POURQUOI EST-IL SI GENTIL ?
AH !

ÇA ME REND TELLEMENT HEUREUSE...

JE L'AI !
PFIOU!
ふー
ON A EU DE LA CHANCE !
JE TE REMER-CIE.

TON ViSAGE SOURiANT...
ON AURAiT DiT UN TOURNESOL !

HOP
TIENS !
POF
POF
TOUT
L'HEUR
... JE N'AI PAS
EU LE TEMPS
DE FINIR MA
PHRASE.
EN LANGAGE
DES FLEURS,
LE TOURNESOL
SIGNIFIE...

"JE NE REGARDE QUE TOI."
VOiLÀ.

...
TU AS ATTRAPE UN COUP DE SOLEIL, TAKAMINE ?
WOUP
AH
HEIN ?!
Tu crois ?!
TON VISAGE EST TOUT ROUGE !

C'EST PARCE QUE
TON SOURIRE...
... EST
SI ÉCLATANT
QU'IL ILLUMINE
TOUT AUTOUR
DE LUI.
SAEKI,
JE CROIS
QUE JE
SUIS...
美空駅

BON...
SOIS PRUDENTE EN RENTRANT.
OUI.
LE TRAIN EN DIRECTION DE SEIRAN APPROCHE, VOIE 1.
TON TRAIN ARRIVE DÉJÀ.
...
?
QU'EST-CE QU'IL Y A ?
QUAND JE SUIS AVEC TOI...
... JE M'AMUSE BEAUCOUP.

illez attendre
rière la ligne blanche
PENDANT LES VACANCES...
... TU CROIS QU'ON POURRAIT SE REVOIR ?
A suivre dans le tome 2

Tournesols
Langage des fleurs
• "Je ne regarde que toi"
• Amour, attachement
etc..

BONJOUR À TOUS, C'EST AMMITSU.
JE VOUS REMERCIE D'AVOIR ACHETÉ CE TOME 1 DE JARDIN SECRET.
À CHAQUE FOIS QUE JE DEVAIS DESSINER DES GROSSES QUANTITÉS DE FLEURS...
GNOM GNOM
MIOM MIOM
... J'APPELAIS ÇA "L'ENFER FLORAL".
Ça sonne comme dans un conte de fées, hein ?
Atome, qui mange mes fleurs.
PROCESSUS DE CRÉATION DE JARDIN SECRET
QUAND J'ÉTAIS EN TRAIN DE CRÉER MON HISTOIRE, J'AVAIS UN TAS DE PERSONNAGES EN TÊTE.
Fantomatique
A... ALORS ?
pendant une réunion...
CETTE FILLE EST INTÉRESSANTE.
Responsable
LA RESPONSABLE ÉDITORIALE ET MOI ÉTIONS DU MÊME AVIS CONCERNANT RAN. ET VOUS SAVEZ QUOI ? C'EST MON AMIE, A-CHAN, QUI M'A SERVI DE MODÈLE !
MOI AUSSI, JE L'ADORE.
La fine fleur des lycéennes
A-chan :
☆ Canon !
☆ Intelligente !
☆ Très douée en anglais !
☆ Grande !
Mais elle adore aussi les mangas.
Merci de toujours m'encourager !
MERCI D'ÊTRE MON AMIE, A-CHAN ! (EN LARMES)
ENSUITE, J'AI DÉCIDÉ QU'AKIRA SERAIT FILS DE FLEURISTE.
IL N'Y A PAS DE FLEURISTE PRÈS DE CHEZ MOI.
DANS LE PÉTRIN
Croquis
Shiga fleuriste belle boutique
LA PREMIÈRE IMAGE DE MA RECHERCHE CORRESPONDAIT EXACTEMENT À L'IDÉE QUE J'AVAIS EN TÊTE !
Flower cosmos ~
cosmos
ALLONS VITE VOIR ÇA !

Visite sans rendez-vous.
JE PEUX PRENDRE QUELQUES PHOTOS ?
BIEN SÛR !
LA PATRONNE ET LES EMPLOYÉS ÉTAIENT TOUS DES GENS BIEN !
Même si c'était notre première rencontre, les gens de la boutique m'ont raconté un tas de choses.
ET CE N'EST PAS TOUT.
À VRAI DIRE, JE SUIS MANGAKA.
Voici ma carte...
OH ! JE VAIS LE LIRE !
Ancien manga.
ぱらぱら
FLAP FLAP
UNE MINUTE ! MON EX-PETIT AMI ÉTAIT LUI AUSSI CHARPENTIER ET S'APPELAIT KATSUHITO !!
Son nom s'écrivait avec les mêmes caractères !
Je l'appelais Kacchan !
KANNA TO DECCHI
Sacrée coïncidence !!
VOUS ÊTES SÉRIEUSE ?!
☆ Kanna to Decchi est une comédie romantique à propos d'un apprenti charpentier et d'une lycéenne (en 7 tomes).
C'EST CE QU'ON APPELLE UNE RENCONTRE DU DESTIN ! CETTE FEMME M'A APPRIS UN TAS DE CHOSES !
DANS JARDIN SECRET AUSSI, LA VIE EST FAITE DE COÏNCIDENCES ET DE PETITS MIRACLES.
CHAQUE RENCONTRE EST PRÉCIEUSE.
J'ESPÈRE QUE VOUS CONSIDÉREREZ AUSSI VOTRE RENCONTRE AVEC CE MANGA COMME UN MIRACLE.
À mes lecteurs, à Yamamoto-sama, au rédacteur en chef et à tout le service de rédaction, à tous ceux qui m'ont aidée pour ce manga, à la boutique de fleurs Cosmos, à Yô-chan, à Misato-chan et à Momo-chan, à ma famille et à mes amis... un tout grand merci !

TCHIC
Voici quelques informations à propos du tome suivant !
PENDANT LES VACANCES...
Après avoir rassemblé tout son courage...
... Ran avoue à Akira qu'elle souhaite le revoir.
... TU CROIS QU'ON POURRAIT SE REVOIR ?
dans le volume 2 !

BROUHAHA...
...
BROUHAHA...
JE...
JE L'AI MIS MAL À L'AISE.
AH...
TU DOIS ÊTRE OCCUPÉ, PARDON.
ぴ
??
たんこ
POF
Quelle sera la réponse d'Akira ?!
NE LOUPEZ PAS LA SUITE !♪
JARDIN SECRET
À découvrir

Ce manga est publié dans son sens
de lecture originale, de droite à gauche.

Ici, vous êtes donc à la fin.

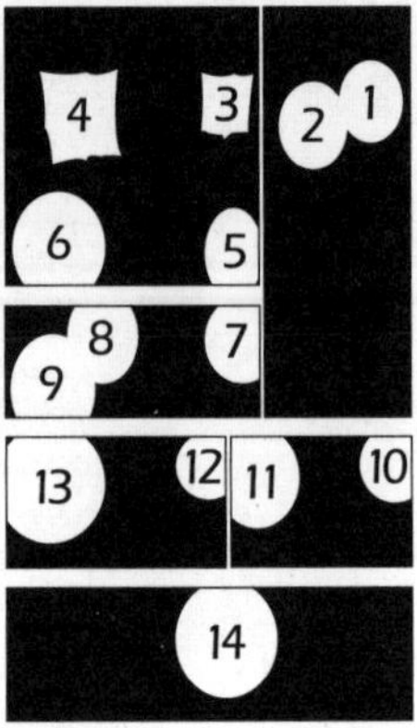


JARDIN SECRET

TAKANE NO RAN SAN


Pour la traduction française:
KANA (DARGAUD-LOMBARD s.a.) 2019
7, avenue P-H Spaak - 1060 Bruxelles



Achevé d'imprimer en mars 2019 • Dépôt légal : avril 2019
d/2019/0086/122 • ISBN 978-2-5050-7658-2

Traduit et adapté en français par Aline Kukor
Conception graphique : Aude Charlier
Adaptation graphique : Eric Montésinos

Imprimé en Italie par L.E.G.O. spa,
Via Galileo Galilei 11, 38015 Lavis (Trento)

F4005565
5€